Be

the

real

you

我們 都會

好——好——的

不安沒關係，
脆弱與寂寞 也沒關係，
今天的你會很好，明天也是

Be

the

real

you

肆一

suncolor
三采文化

我們都會好好的

————

因為不安而刻意微笑著；因為脆弱而逞強著；因為寂寞而倔強著……然後開始覺得自己不像是自己了。於是在夜裡關上房門的時候，躲進夢裡偷偷地討厭自己。討厭著這樣的自己。牆上的燈照不進你的黑夜，尖叫無聲無息、眼淚拉著你直往下墜。你想要好起來，但你沒有方法。你找不到方法，就像是你找不到快樂一樣。也就像是，每次天黑，你都覺得天再也不會亮了一樣。

接著，再看到其他人樂觀開朗的樣子，更加否定自己。「他們都比自己堅強」、「他們都比自己優秀」……因而懷疑自己的存在、認為自己不值得被愛了。

然而，其實大家都只是把它們藏起來而已。
每個人都是一樣的，會寂寞、會傷心、會覺得自己再也開心不起

來了。可是，一切都會過去的，都會慢慢好起來的，即使不是現在，也會在某天，這樣的日子一定存在著，你要這樣相信。

只要是人，總難免有討厭自己的時候。尤其是當那些負面情緒蔓延時，更會讓人想逃開。可是，你只要知道一件事就好：你的討厭自己，其實跟自己的不完美無關，只是因為你沒有接受真正的自己。

或許，就試著不要期待自己完美吧。每個人都有優點，但也都會有缺點，不只是好的部分才是自己，那些自己避之唯恐不及的部分，都是你的一部分，它們不是你該丟棄的，而是該學著相處的。完美不一定最好，不完美也可以很好。

人生很短，只足夠讓你好好做自己；人生也很長，所以你要學會照顧自己。而每個人的人生終究都是自己的，無論如何都不要忘記對自己好。

《我們都會好好的》是我的第九本書了，謝謝購買這本書的朋友，是你們讓我得以能夠繼續寫作。其中或許也有許多人是從第一本書就一直看我的書到現在，一定也發現了一路以來我在每本書試圖做的嘗試與努力，這是你們給我的能力；可能你們也會覺得是我陪伴著你們，但其實剛好相反，是你們讓我覺得不孤單。能有你們作伴，我很慶幸，也很榮幸。由衷希望這一本作品，仍能讓你們有一些收穫。

在離別的時候、在覺得自己很糟糕的時候，請試著鬆開緊握著的手，先擁抱住自己，對自己溫柔。去肯定自己不完美的地方，就像是認同自己的優點一樣。不再終日數著幸福何時到來，而是讓日子過著過著就幸福了。

人生沒有指南，所以也沒有標準答案。正因為如此，不妨試著去做看看吧，找出自己的步調，碰撞也沒關係，繼續有時喜歡自己、有時討厭，都沒有關係，不出發就不會知道自己能夠走到哪裡。專注著今天、不求多、不貪心，就算是一個人也能夠很好。

試著往前走看看吧，今天的你很好，明天也是。
我們都會好好的，都要好好的。

CONTENTS 目錄

START

啟程——
從問自己「你好嗎?」開始的冒險

MIDWAY

中站——
不妨，用自己的步調試著往前看看吧

————

END

終點——
現在的自己跟過去的自己說聲「嗨！」

————

哭泣的時候、顫抖的時候，

還有退縮的時候……

試著不要逃避這樣的自己，

試著擁抱這樣的自己看看。

START

啓程——

從問自己「你好嗎？」

開始的冒險

感謝生命中出現的所有人，不是因為他們每一個都對自己很好，甚至總會遇到傷害自己的人，可是卻也總能教會自己些什麼。

人生總會遇到壞的人，以後也會不斷再遇到對自己不好的人，但不要因為他們改變自己的夢想與初心，不要讓自己受罪。

你要學著為自己堅強起來，直到堅強成為你的武器。

不是你不夠好，
只是對自己不夠好

若只是看著缺點，永遠都會覺得自己不好；
只要學會凝視自己，就會發現自己的身上一定有值得誇耀的地方。

————

你是否常常會否定自己？

可能因為一句批評、一個不認同的眼神，或僅僅只是冷淡一點
的回應，就覺得受了傷。
跟著會開始否定自己，覺得自己一定是哪裡不夠好，或是做錯
了什麼，否則對方為什麼這樣對待自己？負面的情緒會開始蔓
延，就像是樓上人家有個小孩在奔跑著，天花板終日發出聲響
一樣困擾著自己。

可是越是遇到這樣的狀況，我們通常想到的解決方法卻都是去
討好對方。
會忍不住越是想要去付出，努力做些對方喜歡的事，討對方歡
心，覺得只要贏回了他的關愛，天花板的腳步聲就會消失。
討好是一顆給小孩的糖果。

可是，不久之後就又會出現小孩的腳步聲，於是你又開始討好，周而復始。接著逐漸會覺得辛苦，但同時卻仍在堅持努力著；因為害怕一旦停止討好，聲響就會越來越大。

然而，**其實人是無法被討好的。**
只要這樣想就會舒坦許多。因為世界上有多少人，就會有多少不同的聲音，任憑你再努力都無法讓聲音全部停止。
努力去做到討好這件事，其實是白費力氣。

此時，不妨就好好看看自己吧。

你一定也有優點吧。
只是優點這件事也很個人，在你身上成立的，不一定對方就會認同，優點就是這樣的東西，所謂的足夠並不存在。
但就因為這樣，反過來說，其實也等於是都足夠了。

你有缺點是正常的，但有缺點的自己並不表示不夠好，若你只是看著缺點，永遠都會覺得自己不好，無論如何都要記得這件事。只要學會凝視自己，就會發現自己的身上一定也有值得誇耀的地方。

不是你不夠好，只是你忘了要對自己好。
試著找出自己的優點吧。

討好，
是一顆給小孩的糖果

被拒絕，很受傷，我知道。

尤其那些未知的等待，常常都是非常折磨人。
但這卻是一種常態。

人生本來就不是只有應和，就跟捨與得一樣，
都是一種必然。
所以你要接受這點，繼續去愛人，直到無法再愛為止。

因為，
寧願當個敗將，也不要當個膽小鬼。

練習凝視自己，

先討好自己

別人對自己的喜歡，
都要從自己先喜歡自己出發

不要去想著別人怎麼看自己，
重要的是，自己怎麼看待自己。

————

比起說是因為敏感，會過分在意別人眼光的人，我覺得反而更大的原因是來自於缺乏自信的緣故。

因為沒有自信，才會在別人還沒對自己做出評價時，就先懷疑自己；因為沒有自信，所以在事情還沒有定案的時候，就覺得注定會失敗。當別人在背後說悄悄話的時候，也會懷疑對方是不是在討論自己？「他們是不是在說自己的不是？」或是「是不是自己哪裡犯了錯？」因而開始疑神疑鬼。
沒有自信最大的癥結點，其實是自己先否定了自己。

否定自己就像是一串鞭炮的導線，會點燃一連串負面的情緒。

可是，再仔細思考，會覺得「別人的評價對自己來說一定重要嗎？為什麼要把他人的意見看得如此慎重呢？」

從現在出發，
開始試著做真正的自己吧

你可能會說——
「因為每個人都是想要被讚美」、
「因為大家都想要被認同」……
但說穿了，其實只是因為害怕被討厭。
「沒有人想要被討厭呀。」你也會這樣說。
我也認同。

以前我也很害怕被討厭，在意得不得了。
尤其是開始寫作的時候，難免會聽到一些討厭自己的言論，一開始其實很在意，時常會想起，拚命想要解釋。
也會試著做一些腦海中假設他們可能會喜歡的事情，但之後回想起來會發現有點好笑，因為自己竟然為了不喜歡自己的人在改變，而忽略了原本喜歡自己的人，本末倒置。
事實更只是，不喜歡自己的人並沒有因此而多喜歡自己一點，

但自己卻不像是自己了。

而當察覺永遠都解釋不完時，又感到萬分沮喪。但讓我開始覺得釋懷的，卻也是因為這件事。

因為發現了，有些人討厭你是因為誤解，但有些人則是因為偏見。

偏見是錯的，但因為我們是人，所以會犯錯，就連自己也會莫名其妙去討厭一個人，你必須先理解這點才能釋懷。偏見無法說服，而且光想著要一一去解釋，這樣的生活也太累了。

但這也並不是說要任憑別人造謠與誤解，而是你只能選擇「自己要解釋什麼，又要解釋到什麼程度」這件事而已，你能做到的只有這件事，之後決定權就不在自己手上了。**當自己做了自己覺得適當的解釋後，也就等於把這個結交出去了，不要再把它懸在心上。**

再反過來說，自己真的如他們說的那麼差嗎？其實不過只是立基點的差異罷了。因為站的位置不一樣，所以看到的東西也不相同。

你一定也有過類似的經驗吧，兩個人去了同樣一個地方參觀，但回來後發現彼此所看到的東西竟然完全不一樣。彷彿是各自去了兩個不同的地方似的。這是因為每個人重視的事情不同所導致的結果。

評價這件事也是一樣，世界上沒有十全十美的人，沒有人可以討全部人的喜歡。

別人是這樣，自己也是，並沒有不同。

因此，當因為在意別人眼光而興起想要去討好的念頭時，不妨試著提醒自己一件事——
「這世界並不是只要你努力，就可以得到全部人的認同。」

每當開始在意別人的眼光時，請試著轉移注意力，不要去想著別人怎麼看自己，更重要的是自己怎麼看待自己。**當然有缺點，但一定有值得被誇耀的地方，不過可以確定的是，一定只有你最了解自己。**

試著有自信地做自己吧。
以後的日子還是會有人討厭你，但也一定會有人想要親近你，**學著欣賞自己，然後盡可能客觀地評價自己，所有別人對自己的喜歡，都是要從自己先喜歡自己出發。**

這世界並不是只要你努力，
就可以得到全部人的認同

啓程——從問自己「你好嗎？」開始的冒險

關於愛情，在某些時候讓你最難過的，
並不是他的決定。
而是，當你發現，原來自己自始至終，
都在他的決定之外。
也就像是，你的傷心，從來也不是由他所決定，
而是因為他的不決定。
這讓人灰心，你感覺一切都是白費。

但是，世界上沒有什麼是白費，
意義是人所給予的，而不是由事情來決定。
你要開始，決定自己的快樂與傷心。

學著不比較，
你只要是自己就好

「好」不應該是一種比較，沒有誰比較高誰比較低，
而更重要的是，這樣的你們都很好。

————

人的情緒反應大都與另一個人有關，不管是好的或壞的。
而其中很大一部分是來自於比較。

「你看他做得多好，名次比你高。」
「為什麼你的分數這麼低？你看看他滿分。」……
從小到大我們都聽過無數次這樣的話語，而這些對白的共通點
都是建立在「與另一個人比較」上頭，這樣的言語常常會打擊
我們的信心。它們像是在說著「自己不夠好，否定著自己」。
也好像說著「要跟他們一樣，甚至要比他們更優秀，自己才算
得上是夠好，也才值得被稱讚」。

會這樣的原因，我想是因為從小我們就被教育成要跟別人競賽
的關係。不管是在課業上的成績評比，再到生活領域上的比
較，會依照分數高低排好名次位置。我們對於自我認定的最初

珍惜自己的好，
而你以為的「不好」
或許是剛剛好

始，許多時候是建立在數字排名上頭，但自己並不自覺。

評比的目的其實是為了鼓勵表現好的人，進而給大家期許自己的動力，出發點是好意，但不知怎麼最後卻成了一種比較心理。

「他怎樣，而我又該要怎樣……」這樣的言語像是窸窸窣窣的細微噪音，充斥在生命中，干擾著我們，變成是一種習以為常。更可怕的是，後來我們也會覺得非得藉由這樣的比較，自己才有了具體的樣了。

於是在不知不覺中，自己也會開始用與另一個人的對照產生出自我的形象。

你不是因為你是誰，而是因為別人是誰你才得以是。

啓程──從問自己「你好嗎？」開始的冒險

到了最後，這幾乎變成了一種本能的反應：用另一個人來評判自己。也因此常常像是在追逐一樣，不斷地往前跑，覺得很辛苦，但卻仍是感覺空洞，於是只好再加倍拚命。

「一定是自己不夠努力的關係。」只要再努力一點就可以了。不夠努力成了一種華麗的說服。

可是即使因為這樣而有一點小小的成績，被讚美了，卻仍然感覺不踏實。以為追求著目標，但其實自己從來都不知道方向是什麼，所以才會感到忐忑。

每個人的生命都是自己的，不要把滿足別人的期待變成是自己最重要的事。

然而，自己又該是怎麼樣的一個人呢？怎麼樣又才稱得上是自己呢？**找到自己是一件很難的事，但卻沒有標準答案，你只能去試了才會發現。**

因為時間在往前走，人會一直成長，而「自己」也可能是隨時都在變化，但不變的是，這個答案只有你自己知道。什麼是你最在乎、什麼又讓你感到自在開心，你得靠自己去找出來。

他運動很厲害，你有美術天分；他很會歌唱，但你節奏感很好；他數學拿手，你則對文字敏銳……每個人的優點都不一樣。

你的努力，應該是去成就自己的天賦，往自己想望的方向前進。
「好」不應該是一種比較，沒有誰比較高誰比較低，而更重要
的是，這樣的自己都很好。
放棄與另一個人相較，才能夠正視自己的好，進而去珍惜。

不要試著拚了命地要讓自己變得完美，因為完美的定義是因人
而異，你眼中的好，有可能恰巧就是另一個人的不好。而反過
來說，也就是因為那些不夠完美，才讓我們得以變得獨特，不
會面目模糊。
那些你所認為的不好，其實常常都是剛剛好。
不是比別人厲害，才能稱得上是好。

學著不再和他人比較，不再覺得別人所擁有的比自己好、比自
己厲害，也不再想著要滿足他人，去珍視自己所擁有的部分。

你不用跟別人一樣，你只要是你自己就好。

每個人都想要一個完美的對象，
也擁有權利去追求，沒人可以阻止。

但愛情，常常應該是，
選定了，就再也不要看其他。
你可以不要，但千萬不能，
要了之後，還不甘心。

自己一定也擁有著
別人想要的東西

每個人都有自己所擅長的部分，試著去發掘它並為它努力，
那是專屬於你獨一無二的東西。

————

人會對另外一個人產生嫉妒的心情，多半是因為對方擁有自己
所沒有的東西。

「也好想得到」或是「好喜歡他擁有的東西啊」……嫉妒的另
外一面應該就是這些話語吧。
人是種很奇妙的生物，對於自己不在意的東西其實並不會投以
關注，取而代之會是一種冷漠不在乎的態度，只有對自己在意
的事物才會有情緒波動。嫉妒就是其中一種。
換個角度來說，**嫉妒也可以說是成功的另一種代名詞。**

有些人也會將羨慕與嫉妒視為一樣的東西，但兩者並不相同，
前者比較是一種單純的嚮往，然而後者則包含了負面的情緒在
其中。

某回與一個前輩作家聊天時，他說了一句讓我印象深刻的話：
「雖然我自己並不喜歡某個作家，但外面的人說他是因為運氣
好才走紅的，那是錯的。因為我們是差不多時間出道，他熬了
多久才開始被看見，我很清楚。雖然我不喜歡他，但那樣的說
法對他太不公平。」

那時候我才有點驚覺，**原來我們對於另外一個人的嫉妒，其實
是包含著自己的無知。**

一個人會有所成績，一定是在某個地方做了你沒看到的事、做
了你不知道的努力。但就是因為當時沒沒無聞，所以自己才無
所察覺，等到他成功之後才發現這個人的存在。

他不是突然出現的，而是在自己沒看到的時候，拚命地在努力

著，然後得以成功。試著去發掘這些，並且看看在自己身上能否起作用。

以前的我比較容易去嫉妒別人，覺得自己明明很努力，但為何成績不如人？懷抱著怨懟的心情，充滿負面的能量，但當時只會覺得自己是懷才不遇。殊不知在其他人眼中，自己其實仍不具備成功的條件。

因為，**成功不是只要夠努力就行，而是一直努力到它長出果實。光努力不夠，重要的是持續。**

現在的自己則較不會輕易嫉妒他人，不是因為有了一點點成績的關係，而是打從心裡面發現到了：「自己一定也擁有著別人想要的東西吧。」

這跟自己是否功成名就或是擁有多大的財富無關，就像是單身的人迫切想要談戀愛，結婚的人看到單身的人無所拘束也心生羨慕，人就是這樣的生物，會不斷尋求自己缺乏的東西。

因此，說不定另外一個人也正在羨慕著自己，努力想要變得跟自己一樣。其實自己也有屬於自己特別的專長。只要可以這樣想，心裡就會感覺安穩許多。

其中嫉妒更糟糕的是，它會蒙蔽我們的眼睛。
因為太想擁有，而忽略了那樣東西其實根本就不適合自己。

在他人身上看起來恰如其分的東西，其實都是包含了當事人自身的條件與狀態，若不明就裡地硬往自己身上套，最後也只是壞了原本的美事。

當然，每個人都會想要讓自己變得更好，**可是所謂的「更好」，並不是要你去像另一個人，而是像自己。**

不是去模仿他人的樣子，而是試著將對方的精神或方法運用在自己專擅的方面，藉此讓自己扎實。
不要去嫉妒，而是去大方地羨慕一個人，並懷抱著祝福。試著把這些對自己的不滿足，拿它們來驅使自己不斷前進，去創造出自己想要的生活。

每個人都有自己所擅長的部分，試著去找出它並為它努力，那是專屬於你獨一無二的東西。

啓程──從問自己「你好嗎？」開始的冒險

總難免，有時候還是會羨慕別人吧。

當發現誰擁有的比自己好，
或是誰突然走到自己的前頭時。
甚至偶爾，你還會抱持著疑惑，
覺得對方「憑什麼！？」
然後一不小心羨慕就成了帶有惡意的嫉妒。

可是，世界上沒有什麼東西是可以不勞而獲的，
他一定付出了你沒看到的努力。

越是這樣的時候，越要回頭看看自己的初衷，
提醒自己把它找回來。

有時或許緩慢了一點，但至少腳踏實地，
至少心安理得，這樣得到的快樂也會自在一點。

試著
不後悔地生活

珍惜當下，不管是好還是壞，
因為那是自己唯一可以擁有的東西。

———

每個人都會想要擁有不後悔的人生。
因為後悔是種很可怕的感受。
它就像是壞掉的影片，不斷在腦海中重複播放著特定的片段，
逼迫你回想，夾雜著遺憾，然後假設在某個情節裡，自己若做
了不一樣的決定，是否現在就會不一樣？

這是後悔最糟糕的部分，它會讓你錯覺自己可能有機會可以重
新選擇。

它讓你不斷陷入「如果」的情境當中，忘了現在。
然而，世界上大多數的事情都沒有第二次的機會。就如同此刻
懊悔的心情一樣。

有時更會想著如果有超能力該有多好？就像是電影《真愛每一

我們唯一可以擁有的，

不是過去、未來，

而是當下

天》裡的男主角一樣，可以不斷回去某一個片段、某一個時刻，修補錯誤。不滿意了，就再回到事情發生之前；犯了錯，就再重新修正；即使是失敗了兩次，都還可以再重新來過。

這其實是一種可以肆無忌憚犯錯的暗示。

對生命你可以不經思考、無需負責，人們所說的人生課題，都可以經由這一項超能力得以不斷修正。

可是，這樣的人生就一定會比較順遂嗎？並不一定。

因為人生裡的未知數不是我們可以預測，修正了這一次，連帶就會影響下一步，跟著再牽連到更之後……一直想著要重來的結果只會是：疲於奔命於不斷重來。重來一次，只能幫你修正一次的錯誤，但保證不了以後。

電影裡男女主角婚禮當天剛好下了一場大雨，每個人都淋成了

啓程──從問自己「你好嗎？」開始的冒險

落湯雞，因此男主角問著女主角：「如果可以選擇，妳會想要換一天重來婚禮嗎？」而女主角的回答則是：「不會。」

到頭來，**比起再重來一次更強大的，是珍惜當下。**

珍惜當下，不管是好還是壞。
因為那是自己唯一可以擁有的東西。

或許人生珍貴的地方之一，便是在於它的一次性。這些一次又一次發生的事情堆疊出生命的樣子，也推動著自己往前走，你之所以能夠走到今天，都是靠它們組合而成，而這其中也包含著那些讓自己後悔的事情。

後悔讓我們得以學會珍惜，遺憾使你變得更好。

而之所以會有後悔的情緒，裡頭大都也包含著「對自己的埋怨」，對當初不夠努力的自己、不夠堅持的自己，甚至更多的是選擇了不是自己的選擇，因而所衍生出的抱怨。

人本來就是群居生物，總會有來自四面八方的聲音干擾著自己，有些話聽起來也很有道理，要單單只為自己活著更是不可能，甚至會被解讀為自私。不想傷害別人，最後卻傷害了自己。

可是別忘了，你的人生是自己的。你要活得像自己。
別人的情節再動人，若自己無法接受，對你來說就是不好。

如果可以選擇，為什麼不選擇聆聽自己的聲音？是因為對自己不夠有自信，所以才把選擇權交出去嗎？但如果你能夠相信別人所說的話，其實就正好表示著，你也可以去試著相信自己。

後悔沒有解藥，要避免後悔的方法，我想大概就是做忠於自己的決定，然後承擔。

當然，這並不是說只要忠於自己就不會再犯錯，也不會再有遺憾了。而是若錯了，也會是個屬於自己的錯誤，至少你可以感到踏實，覺得對得起自己。
感覺對得起自己，就是後悔的解藥。
如此等到日後回過頭再看「此刻」，就不會有「想當初」的感慨了。

想要有不後悔的人生，那麼至少試著現在開始就不後悔地活著。試著努力看看吧。

覺 得「對 得 起 自 己 了」，

就 是 後 悔 的 解 藥

剛剛好的
煩惱

所謂的「剛剛好」其實是因人而異，
對我來説，就是只去思考自己能力所及的部分。

————

向他人提問：「你覺得我會不會想太多了？」
是一件無法獲得解答的事。
因為，會不會想太多，完全是因人而異。
什麼樣叫多？什麼樣又叫少？其實沒有標準可以依循。

我平常是個不吃辣的人，並不是完全無法吃，只是吃不多。偶
爾也會跟朋友去吃麻辣火鍋，只是一般時候不會主動要求要吃
辣，純粹是一種關於飲食的習慣。
但若是去到以辣為主的餐廳，菜單上常常會用辣椒圖示的多寡
來標示辣味的程度，放眼望去沒有辣椒圖案的菜少之又少。因
此我總會忍不住問服務生：「請問你們標示一條辣椒的菜會很
辣嗎？」
「『我個人』是覺得還好。」常常會得到這樣的回答。「我個
人」對方往往會特別強調這三個字。

照顧好現在的自己就好

即使有量表，也只能標注出辣的程度，而無法說明每個人對辣的接受度。

這是因為味覺這件事是很主觀的認定。

其實「是否想太多」這件事也是一樣。

世界衛生組織定期會公布每日建議的糖分攝取量，但要「想多少」才稱得上是健康範圍？卻沒有標準可以參考。因為**人的情感並不像生理一樣，可以量化。**

尤其對心思比較纖細的人來說，更是如此。

「我也知道不應該胡思亂想，但我克制不了自己呀。」

「我知道該停止猜測，可是該怎麼做？」……

當每次勸他人不要想太多時，往往會得到這樣的回應。

情感要是自己可以完全控制的話，那就不叫感性了。

再說人要完全沒有煩惱也太過天真，因此，若無法停止思考，不如就朝「讓煩惱可以剛剛好」的方向前進。

但什麼又是「剛剛好的煩惱呢」？
就如之前所說的，剛剛好當然也是因人而異。而對我來說，就是只去思考自己能力所及的部分。

一般說到想太多，多半是因為漫無目標地任思緒飄蕩，原本的一個小點無限制地擴大，總是在煩惱著 A 點時，會連帶想到 B，接著再模擬可能發生的 C……如此蔓延開，原本的一個煩惱變成了無限多個，就像是把墨水滴到水裡頭一樣。

而通常之所以會胡思亂想的另外一個原因，是因為害怕「不確定」。不確定會發生的事，所以才預設了所有的可能。最後也都因為這些可能而不斷疲於奔命。

以前我也很容易胡思亂想，擔心東擔心西的，本來就不好睡的情況，甚至會因此無法入眠，整晚思考著一百種、一千種的可能。有時會猜中、有時會猜錯，但最常發生的，是即使真的準確預測到了下一步，但永遠猜不到再下一步。
人的能力有限，再怎麼聰明也假設不了所有的狀況。所以如果是這樣的話，不如把時間拿來照顧好現在的自己。

事情可能會如你想的一樣發生，但也可能不會，機率可能正好就是接近一半一半。也可能會更糟，但同時也有可能會更好，唯一可以確定的是，一切都要發生了才會知道。

思考自己現在能做的是什麼，不要把心思花費在不斷憂慮著那些模擬的可能。

但這也並不是說要自己完全的放任，而是去釐清什麼樣的思考是必要的，而哪些又是不需要的。

每個人的剛剛好不同，要過完全沒有煩惱的生活更是不可能，**但至少要努力去做到不自尋煩惱，這樣就是剛剛好。**

不要相信「吃苦等於吃補」這句話，
因為，要是可以過得好好的，為何要吃苦？

也不要相信「吃虧就是佔便宜」，
因為，如果可以兩全其美，為何要浪費？

這些，都只是安慰的話，你要知道。
人生很難，也有很多的不得不，
學會苦中作樂很重要，
但，千萬不要自討苦吃。

別人給的苦，是一種不得不，
但自己給自己的，就是自找的。

不安的時候，
試著凝視當下

與其使盡全力想要去消除所有不安的情緒，更重要的是學著如何擺放它，
所謂的「擺放」，就是試著去辨別自己可以做到的與無法做到的事。

————

如果時常都感受到不安，想必一定是件很難受的事吧。

尤其面對未知的東西，或是無法掌控的狀況時，更是會感到忐
忑。因此會試著做許多的事情，那些舉動彷彿就像是一種儀
式，可以消除不安的感覺。
總是預設著所有可以猜測得到的與意想不到的狀況，然後為它
們而忙碌，未雨綢繆。
以為只要做得越多，有一天不安就會消失。

但就因為並不知道「什麼東西」可以消除不安，所以只能拚命
去做，想要藉由多做一些什麼來確保多一點什麼。或者是說，
自己也並不確定這樣的「東西」是否存在著。
「多做總是沒錯吧！」
因此這樣的想法會在心中無限地蔓延。它是自己用來支撐繼續

做自己能做的事，
不再試圖做好全部的事

多做些什麼的動力。

在心中，不安就像是一個大黑洞般的存在，只能不斷把東西往裡頭倒，希望可以填滿。

然而，不安卻還是存在。

它並沒有因為自己多做了些什麼而不見了，可能減少了一些，但仍是醒目地存在。

「一定是自己做得還不夠。」於是又會找到其他事情去做，拚著命想填補空洞。我曾經這樣經歷過。

因為不確定感，所以感到不安；再因為不安，而盲目地努力；又因為努力未果，所以開始退縮……以為是一種自我保護，到了最後，就只剩下不安而已。

真正讓我開始感到如釋重負的，是發現**其實不安是無法消失的**。

以前會以為，只要長大了，不安就會消失，對於未來會更加肯定踏實。可是後來才發現，在不同的年紀、不同的時刻，它原來會以各種不同的面貌出現在自己的生命裡，一輩子都跟隨著自己。既然是這樣的話，那麼就不用亟欲非排除掉它不可了。

有時候你以為自己好了、夠堅強了，但隨即又會發生其他的事，讓你發現自己的脆弱，接著會再次感到挫敗。
可是，會有這樣的感受，單純是因為自己把不安當成了一個錯誤，亟需修正的緣故。

其實每個人都是一樣的，都會感到不安，面對未知的事情都會猶豫惶恐。原來大家都是跟自己一樣，只要這樣去思考就會輕鬆一點。

然而，真的要試著去感受不安卻也是一件困難的事情，承認它的存在也不會解答自己的問題。這或許是因為不安本來就是一個自然的存在，本來就不會消失的關係。
因此，只要不覺得不安僅僅只是一種負面象徵的代表，反而就能感到如釋重負。與其使盡全力想要去消除所有不安的情緒，更重要的反而是該學著如何擺放它。

所謂的「擺放」也不是指放著不管，而是試著去辨別自己可以做到的與無法做到的事。

一直假想著「可能」會發生的事其實於事無補，因為真實生活永遠都會有超出我們想像的事情發生。若是這樣，就不妨專注於當下。專注此時能夠做到的事。

當下，其實才是消弭不安的最好方法。

再怎麼努力，人的一生都是無法周全地活著的。

當然我們每個人都會想要盡力做到最好，防患未然，可是常常就是因為把重心都擺在那些未知的事情上頭，反而忽略了此刻的自己。反過來說，也就是因為忘了當下的重要，所以才會感到不安。

做自己現在能做的事，而不是試圖要做好全部的事，當覺得不安不那麼重要的時候，不安自然就會消失了。

當你能夠專心地凝視著當下的時候，不安就不會是你最在意的事了。

掃一下！ 肆一打給你

不安時，
記得先專注於當下

「能做到了，或許就能幸福了。」

常常在試著鼓勵大家的文章的下方回應，
會看到這樣的一句話——
「說得容易，做得到的有幾個？」

其實我也會感到不安與無力，我們都一樣。
可是，每個人也都是努力想要讓自己幸福，
不管是以何種形式。

保持信念始終如一很難，人生也總是不容易，
但我總是這樣相信，
能做到了，或許就能幸福了。

雖然也只是或許，因為人生本來就無法保證。
但重要的是，你要先相信自己所相信的，
並且去試著努力，而不是等著誰來讓你相信。

就像是，你要先讓自己好了，
而不是有愛了，才好了。

寂寞是
人生的必需品

即使是有了最親近的人陪伴，但再怎麼靠近與理解，
一個人永遠都無法完全了解另一個人。

————

如果把「寂寞」比喻成是一件物品的話，
我覺得它是人生的必需品。
不是需要，而是必要。
因為**每個人一輩子都需要跟寂寞相處，誰也不能避免。**

是寂寞讓我養成了散步的習慣。
因為住的地方離河堤不遠，因此有一段時間我很常去河堤散
步。也並不是因為想要去哪個地方而去了河堤，反而是因為不
知道要去哪裡，所以就指著地圖上沒去過的、步行距離可以到
達的地方說：「不然就去這裡看看吧。」

通常都會是選在午後陽光比較和煦的時刻去；當時是剛上台北
工作的時候，並沒有什麼朋友，雖然有許多同學都同樣在台北
工作，但稍有交情的只有幾位，大家也各有各的事要忙碌，各

可以和寂寞相處，
也就能跟自己處得好

自的朋友圈，並不是能夠有空時時碰面，所以週末假日時，常常是要一個人渡過。

散步的時候，通常只是聽著音樂，然後不斷地走著，偶爾會有駐足休息的片刻，但大多數的時間只是在走路。而腦海中，有時會想事情，但有時候則是什麼都不想。走路，是最重要的事。印象很深刻的是，那個時候幾乎一整天都不會使用到喉嚨。沒有說話的對象，買東西時也不一定要開口，所以聲音無用武之地。甚至偶爾會忘了自己擁有說話能力。

不過老實說，當時的自己並沒有深刻感受到「寂寞」這件事。更正確地說，應該是，我知道自己是「一個人」，但卻不覺得這是一件要不得的事。當然有時會很想跟誰說話或是感到寂寞，但並不覺得無法忍受。

現在回頭想想，自己是在不知不覺的狀況下接受了寂寞的存在。而能夠這樣的原因，大概是因為我打從心裡覺得：寂寞並不是一個奇怪的存在。

再說，即使是否定寂寞，它也不會消失，反而因此可以坦然接受它的存在。

只要是人，在某些時刻都會感到寂寞。

相信每個人或多或少都有類似的經驗吧，因為擔心落單，所以勉強自己去參加不喜歡的聚會，但卻發現越是吵鬧就越覺得自己格格不入；因為不想要孤單渡過週末夜，所以吆喝著朋友去狂歡喝酒，能多晚回到家就多晚，然後在回家的路上，卻發現寂寞的感受更強烈了。

寂寞不是消失了，只是被熱鬧的氣氛、喧嘩的聲調掩蓋而已，它始終都悄悄地在一旁張望著。

你仍是寂寞著。

在某次深夜回家的路上，我忍不住想到：「大家都是如何渡過這樣的時刻呢？」

那些狂歡回家後的每個人，是怎麼面對打開門的那一刻所迎面而來的寂寞氣味？在要掏出鑰匙的片刻需不需要花上很大的力氣？或覺得鬆一口氣終於回到家了？還是很想逃出去呢？

也就是因為這樣的提問，我才發覺到，其實每個人都有自己的寂寞要品嘗。

只是我們常常看到外面光鮮亮麗的那一面，而忽略了背後隱藏的另一面。

寂寞跟自己身邊是否有人陪，其實沒有關聯。
因為寂寞更是一種心裡頭的感受，可能來自不被理解、不被認同，一種輕飄飄不踏實的滋味。
甚至可以進一步地說，即使是有了最親近的人陪伴，但再怎麼靠近與理解，一個人永遠都無法完全了解另一個人。
寂寞，可以說是身而為人的附屬，一種必須。

然而反過來說，也就因為會感到寂寞，**因此我們會更想親近他人，也才得以跟另一個人產生聯繫**，但這樣的舉動也就更說明了它的存在，每個人都必須面對自己的寂寞。
最好的方法應該是學會和自己相處，若只是一味地向外尋求不寂寞，到頭來常常只是被它給反撲而已。

人會隨著時間不斷地長大，也會不斷地移動，不一定是居住的地方，也可能是公司，因此身邊的人會來來去去，不斷認識新的人，但也不斷失去舊的。只是有的人會待得久一點，有些人短一些，如此的差異罷了。
沒有誰可以保證能夠永遠陪伴著彼此，也只有自己可以陪伴自己到最後。
這是因為人生本來就是一趟旅程，誰都是陪誰走一段路而已。

說不要去害怕寂寞可能還是很難做到，但至少可以試著少花一點時間去在意它，**然後把時間拿來學著跟自己相處。**
去思考自己已經擁有些什麼，或是可以靠自己去創造些什麼。

現在我還是很喜歡散步，但地點不一定是河濱，附近的公園也可以。也不再是因為感受到寂寞而去散步，而是因為不管在什麼地方、不管是不是一個人，都可以跟自己處得好。

每個人都有自己的人生。

你不能要求他空出時間跟你聊天，即使對談是一種最低限度的關係連結；你也不能要求他非要與你約會，即使見面是一種基本的親密建立。

當他把其他事情擺到你的前頭時，他只不過是試著在對自己的人生負責而已。

因此，你不能要求他為你做什麼。因為，如果你對他而言重要的話，他會記得那些不要緊卻重要的小事。
他會記得的。

而你更要記得的是，你也該為自己的人生負責。

MIDWAY

中站——

不妨，用自己的步調
試著往前看看吧

那個裹足不前的自己……

不用一直加油，就照自己的步調吧，

即使一點點，一點點都好，

都是往前。

中站——不妨，用自己的步調試著往前看看吧

總會遇到潑你冷水的人。

他們喜歡在你興高采烈時，用冷言冷語澆熄熱情。
我想，那是因為他們受過傷的關係。

因為受過傷，所以不再相信美好；
因為流過淚，所以看到的都是傷心。

你要心疼他們，但不要因此失去了對愛的憧憬。
因為，每個人都有對自己好的方式，你不一定要去依循他的。

而你的方式，就是去相信愛。
就跟你的初衷一樣。

承認自己
不是世界的中心

「對自己好」，並不是把所有的好事都放在自己身上，
而是在世界裡找到跟自己好好相處的方式，同時也可以跟別人處得好。

————

有一陣子的自己常常生氣。

先是對自己生著悶氣，接著再把氣出到周圍的人身上，而且都
是在不自覺的狀況下。
通常都是小事，可能只是誰做了自己不喜歡的事、誰說了什麼
不中聽的話，大致而言就是不順自己的意，因而生氣了。
但後來才體悟到，為什麼對方要順自己的意呢？他有自己的人
生、自己快樂的方法，而要他事事配合自己，不也等於是違背
他的意願來迎合自己？

那時候才驚覺，原來自己不自覺地把自己當成了世界的中心，
覺得每個人都要圍繞著自己才對。
我們每個人都要學會珍惜自己、喜歡自己的優缺點，但這其實
也包含了用同樣的想法去觀看另一個人。

對自己好，
也要跟別人處得好

所謂的「對自己好」，並不是把所有的好事都放在自己身上，
而是在世界裡找到跟自己好好相處的方式，同時也可以跟別人
處得好。

認同自己，但也尊重別人。

只要能夠理解這件事，心也會變得比較安靜。
**覺得自己很重要，想法一致的就一起走一段，但若真的差異太
大也不要過於勉強**，放鬆點去與人相處，日子才會過得輕鬆。

事情過不過得去，很多時候都是由自己的心情決定。

中站──不妨，用自己的步調試著往前看看吧

對別人生氣，
常常其實是在生自己的氣

若可以學會尊重自己的選擇，
心就會比較坦蕩，也比較不會讓情緒受到那麼大的影響。

————

有時候我們會把脾氣轉嫁到另一個人身上，並不是因為對方犯了錯，而是因為不尊重自己的選擇。

一個簡單的例子：原本跟 A 有約，但 A 臨時表示可能無法赴約，但還不確定；此時剛好 B 在同一個時段約了你，但你因為不確定 A 是否可以赴約，所以決定拒絕 B。
然而最後 A 確定他無法赴約了，於是你回頭趕緊再詢問 B，但 B 也已經安排了其他事，結果落得兩頭空。

以前若是遇到這樣的事，自己常常會把錯怪罪到 A 上頭，遷怒於他。可是後來才發現，這麼做其實沒有道理，因為追根究柢其實是「自己自願等 A 的回覆，並沒有誰脅迫了自己」。
不尊重自己的選擇，還遷怒了另一個人。因為**尊重自己的選擇背後，其實也隱藏著承擔其後果。**

事事不會都是如願，總會遭遇打擊與挫折，可是若可以尊重自己的選擇，心就會比較坦蕩，也比較不會讓情緒受到那麼大的影響。

知道許多事其實自己都有選擇權，然後，也要學著尊重自己的選擇。

就因為是自己的選擇，
所以才要尊重並接受

你說，
自己是個重感情的人，
所以容易受傷。

我說，不是的，
重感情不會讓人受傷，
讓人受傷的是，
把感情放錯地方。

沒有人有義務
要認同你的努力

努力是應該的，但你不能去追求努力一定會帶來什麼收穫，
因為「努力」本身就是回報。

————

後來我有點討厭說著自己其實很努力。

因為這樣一來，彷彿是在說著別人不夠努力一樣。
可是，每個人都是為自己的夢想在努力著、受傷著，然後不放
棄著。大家都是這樣在做。也因為，說著這句話的同時，更像
是在說明自己不被認同了。
**因為不被肯定，所以只好把「努力」拿出來作為擋箭牌：我
很努力，所以你不能指責我；我很努力，所以你必須給我
獎賞……**

可是啊，這世界上大部分的事情，都个是建構在「沒功勞也有
苦勞」上頭，人生處處都充滿著不公，曾經追求過理想，也吃
過它的苦頭，所以很清楚。
是花了很長一段時間，我才明白夢想本來就攙雜著現實。

因為想要更好，
因為有想去的地方，
所以，才要繼續努力著

更因為，當自己把努力拿出來邀功的同時，就表示了自己只剩下努力可以被嘉獎而已。

然而，這並不表示努力是錯的。

而是**努力是應該的，但你不能去追求努力一定會帶來什麼收穫**，以前之所以容易憤恨不平，其實都是因為這件事。
你覺得只要夠努力，世界就會回報給自己些什麼，但其實，「努力」本身就是回報。
你之所以能夠走到今天，變成現在這個樣子，即便成果仍是微不足道，但卻都是努力所帶來的成果。

雖然討厭說著自己很努力，但確定的是，仍要繼續努力著。
然後期許自己有一天，不會再想著、不會再需要拿著「努力」

來當作是一種討好。

沒有人有義務要認同你的努力，可是你還是要繼續努力啊。

努力，不是為了要證明給不喜歡自己的人看，而是想知道自己究竟可以走到哪裡。

自己的努力也都該是為了自己，所有的付出也都是為了想讓自己更好，抵達想去的地方才是。

試著不再否定
自己是怎麼樣的人

不再急於否定自己是怎樣的人，而是去接受自己的每個樣貌，
這是一種堅定，會讓你變成喜歡自己的那個人。

———

偶然從一次聊天中，發現原來自己在有些工作夥伴的眼中是個
嚴肅的人。
當下有點驚訝，因為並不覺得自己是那樣的人。可是稍微再思
考後，也會覺得，或許是因為角色的關係，他們的確可能會這
樣認為。

但最讓我有感受的，其實是覺得自己又進步了一點。
並不是認為嚴肅是個讚美，可是，也不再覺得別人對自己的評
價一定是錯的。最大的差別是在於，自己終於肯定了**人本來就
是多樣貌的存在**。
在朋友面前、在家人面前、在同事面前，或是情人面前，他們
看到的一定是不一樣的自己。
而這些，都是你的一部分。

以前的自己，一定會急著解釋自己，生怕對方誤解了什麼。但這其實是因為自己先入為主地認為對方說的話是壞的，才會想要澄清。可是許多的詞彙定義，都是個人的認定而已，例如嚴肅，並不一定是壞事。

而這樣的解釋其實是一種變相的討好，想要爭取對方認同自己，說到底，是因為害怕被討厭。

現在聽到別人對自己的評價，除非是錯得離譜，否則都會以「原來是這樣」的和緩語氣帶過。不需要對方一定要認同自己的認定，因為他不一定都是錯的，而你也可能不一定都是對的。

重要的是，你接受了自己是怎樣的一個人，就不擔心別人怎麼看待你。

試著不再急於否定自己是怎樣的人，而是去接受自己的好與壞，這是一種堅定，會讓你變成喜歡自己的那個人。

你不一定要一百分，你可以有缺點，但也會有優點；有人會討厭你，但也有人會喜歡你，你就是這樣的一個人。
不完美，但仍值得被喜歡。

接受自己了，
就會不再害怕被討厭

我們無法去規定別人不傷害自己，
就如同無法要求另一個人來愛自己一樣。

但至少可以做到，
不要因為怕受傷，而不敢去愛人；
不要因為缺少愛，就不愛自己。

總是被教導著要堅強的
我們

感覺累了就休息一下，不用非要勉強，
下次再試著做得好一點就好。

————

有時候我會覺得，對另一個人說著「加油」的自己，是否太過
自大了。

你一定是很努力的啊、你一定也是試著讓自己更加堅強的啊，
所以不斷要你加油，是否就像是否定了你的付出一樣。
也是否，就如同他人總是很難給予另一個人想要的安慰一樣？
偶爾我會想著：在深夜裡，你一個人走在往常回家的路上時，
心裡都在想著什麼？那些你時常看到的景物，那刻在你的眼中
變成了什麼模樣？還有你一如往常開門再把門鎖上的聲響，又
聽起來像是什麼？
你是不是只要一張開嘴，聲音就梗在喉嚨，覺得自己再也無法
言語了？

人心裡的空洞常常巨大到另一個人看不見。

總是被教導著要堅強的我們啊。

然而，其實我並不知道要堅持到什麼地步才能叫作夠堅強，又是要抓緊到怎樣的程度才能不被稱作抗壓性不夠，我沒有解答。

但是否我們不要貪心，不要急著一蹴可幾，感覺累了就休息一下，不是非要勉強，下次再試著做得好一點就好。

先照顧好現在的自己就好。

有事就是有事，不要裝沒事。你不需要總是堅強。

希望在你感覺受不了的時候，在你覺得孤單的時候，不要以為自己是一個人，不要讓自己是一個人。或許還是給不了安慰的話語，但朋友啊，在你覺得傷心無比的時候，請找個人說說話，至少有人可以陪你一下。

只管把今天過好就好，不要想著遙遠的以後要有多好。

今天好好的，就很好。

今 天 好 好 的 ，

就 很 好

那麼傷心的你。

曾經因為再也好不了了、曾經因為再也無法愛人了，
淚水那麼重，幾乎拉著你向下沉，
你的腳步被過去拖著，動彈不得。
那段日子你很常哭泣，你不記得哭過了幾回，
只記得淚水最常與自己為伍。
你們相依為命。

可是，都會好的。

不知道要多久，過程可能很痛苦，可能仍是一個人，
也可能會有誰作伴，但唯一確定的是你會慢慢好的。

累了就休息、倦了就停歇，看看周遭的風景，
然後你會慢慢地開始記得要快樂了，
而那些那麼傷心的日子也會開始放晴。

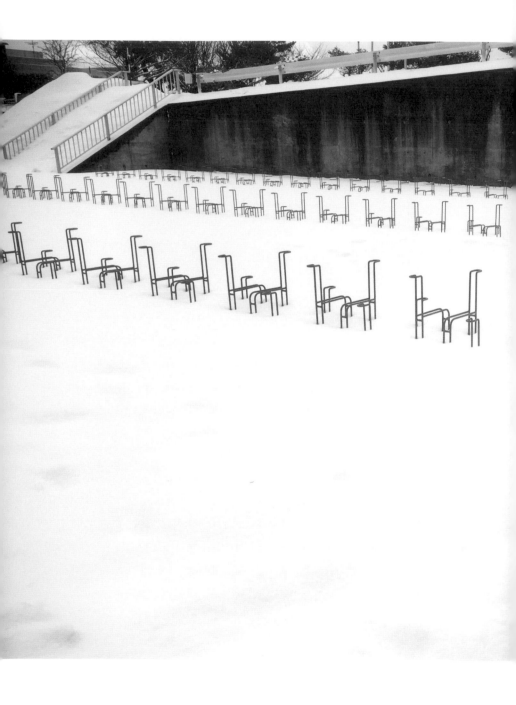

中站——不妨，用自己的步調試著往前看看吧

你是你的，你要對自己好，
沒有人可以阻擋你讓自己幸福

至少，
你可以像自己

什麼樣的人生才叫成功？
答案不一定要跟別人一樣，但你要試著找出屬於自己的解答。

————

夢想是沒有界限的，自己也是。

這並不只是單純地說，夢想可以無邊無際，而是更覺得夢想其
實沒有所謂的年齡限制。
某回與一個朋友聊天，當時年近四十的他正準備出國念書，
四十歲？乍聽之下覺得有點不可思議，在普遍的認定裡此時應
該是處於安穩的狀態才是：一份安穩的工作、一種安穩的心
境，以及一個可以預期的安穩的未來。
但他卻正打算拋下這一切。

當時有點驚訝地問他：「為什麼還想去念書？」
但他卻笑著回答：「說出來你可能會覺得好笑，**但我覺得我還
很年輕，想去做自己夢想已久的事。**」

他的話簡直讓我感到無地自容。原來自己也被社會給制約了。什麼樣的年紀該做什麼樣的事？該有怎樣的思考？這些標準到底是怎麼界定出來的呢？

仔細思考，並沒有一套尺規可以計量這件事。

因為人是群居的動物，所以常常會把別人的以為當成了是自己的以為，然後遵循著。認真想想，這還真是一件危險的事啊。我們竟然在過別人的人生而不自覺。

當然，要跟多數人不一樣會有點可怕，甚至是加倍辛苦。但跟別人走一樣的路，其實常常也沒有想像中的輕鬆，因為人生本就是充滿未知數。

可是，你應該要為自己而努力才是。

每個人的人生都是自己的，所謂「普遍」的認定，你並不一定非要參與其中不可。什麼樣的人生才叫成功？答案也不一定要跟別人一樣，但你卻要試著找出自己的解答。

人生可以捨棄很多東西，但你至少要努力像自己。

試 著 過 自 己 的 人 生 ，
創 造 屬 於 自 己 的 生 活

中站──不妨，用自己的步調試著往前看看吧

「不負責任」跟「不強求」並不同。

常會聽到一句話：
「是自己的搶不走，搶得走的就不屬於自己。」
可是其實這句話只說了一半。

另一半是：「盡最大的努力後，再讓它走。」
不去勉強所有的事物都會開出自己想要的果，
但這並不是要你不去爭取自己想要的。
在還沒有盡力之前就選擇「順其自然」，
其實包含更多的只是自己的放任。

不強留留不住的，不阻擋想要遠離的，
不奢望別人給自己交代，但自己要先對自己負責。
爭取自己想要的，並不是一種強求，
而是一種對自己的負責。

不要把放任當作大方；不要把不負責任當成是不強求。
要盡心盡力後，再不問收穫。

你總要找到一些什麼，
讓自己可以好起來

生命還是會不時給予打擊，因此你要找到讓自己開心的事物，
讓它們幫助你往前走，或至少可以撐著。

————

長大的象徵之一，是你終於可以接受生命裡有好但也有壞的存
在。然後可以相安無事，並且試著在自己傷心的時候，仍然懷
抱著希望。
世界不會總是有好事發生，但每個人都要找到什麼方法讓自己
可以過得好一點，一點點就足夠。
對我來說，旅行就是其中一樣。

第一次出國約莫是在工作滿一年之後，跟團去了澳洲。
當時雖然抱持著「出國去看看不同的國家文化」，還有「看看
世界有什麼不一樣」之類的想法，但其實恐怕還是玩樂的成分
居多，什麼「體驗不一樣的文化」，不過都是冠冕堂皇的理由
罷了。所以回國之後，生活還是原本的樣子，日子繼續、工作
繼續，沒什麼不同。

不管是什麼，
即使一點點，
也要讓自己好一點

旅行，比較像是句子與句子間的逗點，要接續前面與後面，而不是斷句，要開啟新的之後。

澳洲之後，旅行就成了每年的固定計畫，隔年又跟了一次團去義大利，接著便開始踏上自助旅行的步伐，陸續去了其他地方：捷克、法國、德國、日本⋯⋯一直出國著，卻也始終都沒有思考過旅行這件事，它比較像是一種本能。就連自助旅行時也是一樣。

那時候並沒有認真去思考旅行是什麼樣的存在，會這樣的原因，大概也是因為自己潛意識地把它當成了一個喘息的象徵而已。

既然只是休憩娛樂，就不需要費心思索。

直到某次因為某個人而傷心時，朋友突然對我說：

「你不是去過很多國家旅行嗎？」

我點頭說是，但卻不明所以。

明明自己如此難過，但卻還跟我聊旅行，未免太不近人情了。

到日後才發現，原來當時他的意思是——

「世界很大，人有無限的可能，不應該只看著自己的傷心。」

而等到自己發現這件事時，旅行也終於產生了不一樣的意義。

或者這世界上的事情大都是在我們無意識的狀態下行進著，常常是後知後覺，等到了某一刻才能夠派上用場，覺得有所用途。在某一個時刻，**你的不自覺會變成了有意識，人終於得以成長。**

強迫自己長大是一件事，但常常我們都是在時間的推演下慢慢前進的，兩者沒有不同，只有快慢的差別。

這幾年旅行成了一種風潮，不只是玩樂，更多人鼓吹著旅行所帶來的心靈上的收穫，尤其是一個人旅行，特別是強調要獨自旅行。

為何要強調一個人旅行呢？是因為那意味著凡事你都要靠自己，而這會讓人快速成長。

可是，在現實生活中，要一開始就選擇獨自去旅行並不是一件容易的事，尤其是對習慣跟團的人來說，再加上若地點是在更

遙遠、語言更陌生的地方時,更會叫人卻步。

若是這樣的話,不妨就從「幾個朋友一起試著用自己的能力去旅行」開始吧。

所謂的「自己的能力」,並不是單指自己負責所有的花費,而是靠自己規畫行程、安排交通住宿等,把一趟旅行從零變成可實踐的表格。當然並不是國外旅行才有意義,只是差異越大的文化風俗所能帶來的刺激更多。

而在這樣實踐的過程裡,不只是會加深對一個地方的了解,即使是分工合作,也會得到不同於以往的收穫,那些只是上車下車的之外的「什麼」,而這個「什麼」具體是哪些東西,要自己去做了才會發現。

更重要的是,這也會漸漸讓旅行成為一種有意識的過程。對我而言,是一種觀看世界、也觀看自己的訓練。

在有限的條件下,不管是時間或是金錢,去篩選思考行程,學習在沒有更多後盾的狀況下互相照顧與照顧自己,在擁有選擇權但卻不能什麼都要的情況下,這些都是一種過濾的過程,幫助自己釐清自己的思考,開始明白什麼才是需要,並對自己負責。

我不會說旅行可以回答人生的難題,不是幾趟旅行之後困難就能迎刃而解,每個人的難關都需要靠自己努力。

但至少可以確定的是，旅行會讓人的視線變得遼闊、可以看得更遠一些。然後，**這些在世界每個角落所發現的不同，都會回到自己身上產生新的作用，發現自己更多的可能。**

因為發現世界很大，所以才會覺得自己渺小；因為看見世界的好與壞，所以才能夠確認對自己來說真正需要珍惜的又是哪些，便不會執著於不重要的。
因為知道了各個地方各有其獨特，所以才得以理解到自己的有限與無限。

失戀了還是會哭、工作受挫了仍是會沮喪，自我的質疑更是會不時出現在腦海裡，時間仍是在往前走，生命的樣貌也是一樣，或許傷心，但也會快樂。
而下次傷心的時候，你會覺得自己始終都可以好起來。

旅行，可以成為生命中一個好的引子。

試著用自己的能力去旅行，一個人也好、兩個人也可以，再多一點人也沒關係，重要的是，你能開始意識到旅行不同於以往的意義，然後間接意識到自己能夠有的不同。
生命還是會不時給予打擊，因此你要找到讓自己開心的事物，讓它們幫助你往前走，或至少可以撐著。

常常最難的其實是「相信」，
可是去相信，
往往也就是變好的第一步。

當下
都是以前的總合

每個人都是一路慢慢走過來的，
不要頻頻回顧過去、不要時常羨慕別人，因為你只是你。

————

有時候，會很慶幸自己是在寫作了近十年後，才開始有一點點
成績。

當然不是沒有羨慕過那些年紀輕輕就能有所成就的寫作人，也
忍不住會想著，要是早幾年被注意到，就可以多趕上一些出版
的黃金時期，或許有更多的可能？

但其實這些猜想都是沒有意義的事。

因為時間本來就是一直往前走的，即便是偏執地站在原地不
動，但周遭的景物也會不斷變化，而現在的自己擺到十年之前
也不一定會被發現。因為所有當下的結果，都是現在跟以前的
總合，無法拆開來看。

所有的堅持與奮力，單單都該是為了自己

就連運氣都是這樣。

就因為經歷過那些被否定的點滴，所以才可以寫出現在這樣的文字；就因為經歷過失敗，所以才會知道面對紛亂時，什麼是該留下而什麼又是可以放棄。更甚至是，就是因為經歷過一些磨練積累，才能在面對嘲諷時，不被輕易擊倒，可以更堅定地做著自己。

這些都是以前無法體會到的東西。過去那些打擊都不是沒有意義，只是當時的自己沒有發現罷了。

所以，現在會很慶幸經過這些努力才擁有的，因為體會過有多麼不容易，此刻才知道有多麼地珍貴。

那些陰暗，其實都是一種篩選的過程，幫助你留下與肯定那些對自己重要的東西。

追尋夢想的路上大多時候都是辛苦的啊，而絕大多數的人都不是幸運，所以挫折在所難免。

每個人都是這樣慢慢走過來的。
不要頻頻回顧過去、不要時常羨慕別人，因為你只是你，你能夠做的只是去把握現下，然後即使失敗了也不覺得對不起自己。

不知道還要堅持多久、不知道還要拚命多久，但你想要變成什麼樣子，只有你自己知道。

那些堅持與奮力，都該單單是為了自己。

我們所看到的東西，其實都是自己心裡的反射。

羨慕別人的成功，卻只學會怨天尤人，
而不是他的努力與奮鬥；
面對自己的挫折，卻只學到憂傷頹靡，
而不是在失敗裡得到教訓。

一段愛情失敗了，只留下被傷害的記憶，
而不是曾有的甜蜜，但卻忘了其實是自己只專注著痛。
眼裡若只留下難堪怨懟，
最後，也就只有它們與你作陪。

對好事眼不見為淨，就也留不住好事。

凡事都說著「很難」，不會讓事情更容易，
只會在開始前就先打擊了自己的信心。
學著正面積極，或許不會讓事情變得簡單，
但至少可以讓心情好一些。日子就會好過一點。

你只能
對自己負責

不再把大部分的力氣用來跟現實對抗，
盡最大的力量去讓自己更好，去讓世界變成是自己認同的樣子。

————

「其實，我是個悲觀的人，但正因為如此，我才學會比較正面
地去看待事物。」
在某場活動中，我曾說過這樣一句話。聽起來好像有點不合邏
輯，可是其實很有道理。

就因為能夠理解世界的現實、人有可能的殘酷，最終才可以去
接受並且承認。
不再把大部分的力氣用來跟現實對抗，而是盡最大的力量去讓
自己更好，去讓世界變成是自己認同的樣子。

就因為知道世界的惡了，
所以也才能肯定世界也同時存在著善。

曾經渡過一段幾乎是沒有聲音的日子。

總覺得沒有人在聽自己說話、沒有人願意聽自己說話，甚至是，就連自己也在說著自己不喜歡的話。像是隱形了一般。

現在回想，也常常不確定是怎麼渡過的，但就跟大多數的時候一樣，有時候能做到最多的就是撐著，然後有一天，就像是現在，終於可以說著自己走到今天了。

時至今日，其實我很感謝當初那一段日子，是它們讓我變成了現在的樣子。

每個人的人生都會有這樣的時光，但即便是步調緩慢，也請試著找出一種適合自己的、自己能認同的方式前進著，緩慢也無妨。

你只能替自己的人生負責，只要想著這件事就好。

那段不見光的日子，讓我得以珍惜著光。

也是它讓我能去相信，**只要願意繼續著，就能擁有好的可能。**

理解世界的現實，

才能繼續相信好的可能

中站——不妨，用自己的步調試著往前看看吧

記起好事的能力

這個世界本來就是好壞並存,會發生壞的事、遇到不好的人,
但同時卻也不斷與好的事物相遇

———

若要我選一件對事情最沒有幫助的行為,
大概是非「抱怨」莫屬。

可是,遇到不如意的事情時,我們的第一個反應通常都是產生
負面的情緒。這當然合情合理,畢竟發生了壞事還要開心,未
免也太不符合人性。

然而奇特的卻是,大多數人同時也都知道抱怨其實沒有意義,
然而卻老會做同樣的事。這或許是因為心理上亟需找到一個出
口的關係,不管是感性的情緒上,或是理性的思考想要找出事
情會發生的原因,好藉此歸咎。

此時,抱怨就是最簡單的方式:「都是他的錯」或是「我好倒
楣」……每個人都一定聽過、說過類似的話。

接受壞事,

也等於是接受了變好的可能

常常也會聽到「有果必有因」這樣的話。每件事都有其源頭，我也深深認同，但這句話沒解釋到的是：**即使找出了因，也不一定可以改變得了果。**

世界上的事，若要粗略劃分的話，大概可以分成「自己可以掌握的」與「自己無法掌握的」兩種，而其背後所包含著的意義，則是「自己可以努力的」與「自己無能為力的」。

有時候不好的事發生包含著人為，你可以做到檢討改進，但在更多的時候，壞事其實並不像防颱準備，可以事先預測。
也或許就是因為那些自己做不到的部分，才會讓人更加倍去抱怨。因為就連要努力都沒有可依循的方向。

我也有過這樣的時候，總覺得一切都不如意，好像全世界都與自己作對一樣。容易對小事發怒、對什麼事都可以挑剔，但是事情卻從來沒有好轉過。後來才懂，原來其實只是看不順眼自己罷了。

不過現在的我已經不常抱怨了。
這並不是說自己修養好，或是因為自己的身上沒有壞事發生，**是因為我開始不再那麼過分嚴肅地看待壞事這件事。**

但這並不是說要把壞事當成一件好事來看待。因為自己無法認

同的東西，再怎麼努力也說不出好聽的話，勉強說了也會讓人感受得出來，就像是面對不好笑的笑話所發出的笑聲一樣，甚至給人有種假惺惺的感覺。而是我學會用比較輕鬆的心情去看待壞事的發生。

有時候我會把好與壞想像成是一個圓圈。
好與壞一個接著一個，不斷環繞在我們的生命裡頭，沒有一定的頻率，有時候好的部分多，有時則是壞的佔多數。它們都是生命裡的常態。而它們也常常是並存著的，很難去篩選出只要好的，而不要壞的。
更因為，再怎麼去努力也無法阻止壞事不發生，包含了太多的未知，因此如何迎接壞事的發生，或許才是自己能做到的部分。

面對無法掌控的事，可以讓自己去做到的是「接受」。
「抱怨」的反面不是「讚美」，而是「接受」，然後才有機會跟其他的作為連結起來，變成正向的指引。
其中最簡單的方式就是：記憶起好事。

每回發生一件不好的事情時，就要提醒自己去記起一件好事。

這麼做不是為了要用好去消弭掉壞，因為發生的已經發生，無法被當作不存在。而是面對無能為力的事情時，記憶起好可以去提醒自己——「這個世界本來就是好壞並存，會發生壞的

事、遇到不好的人，但同時卻也不斷與好的事物相遇。」

人生就是這樣，每件事都是必要的發生、必要的存在，沒有該與不該，只有自己怎麼看待。偶爾的抱怨可以看作是一種情緒的宣洩，但常態性地怨天尤人只是對自己的一種消耗。

就因為有好事的發生，才會肯定壞事的存在；但也因為有壞的，所以才讓原來的好得以被感謝著。
不嚴肅地看待壞事，是因為知道其實有更多的好事。若能這樣想，壞事也會過去得快一點。

把「記憶起好事」看成是一種可以培養的能力，**不是去想著希望事情都只有好的，而是覺得一切總會變好。**
不只是讓好事發生，也讓發生的事能夠變好。

掃一下！ 肆一打給你
接受壞事，
等待變好的可能

若雨停了，
你總該往前走了啊

因為每一個當下，有朝一日，都會凝結成未來，
所以不要去否認那些曾經，是它們讓你得以走到現在。

————

我一直覺得，自己的書並不會陪伴大家一輩子。

因為生命是會不斷流動轉變的，人也是如此，回想生命之中，
在每一個時刻，都會有一個可以安慰自己的事物。它支撐著
你，在你覺得快要受不了的時候，讓你不至於倒下。
就像是旅途中相遇又分別的人們，每個人都是陪伴著自己一
段，然後就會各自往遠方前進，你會找到其他可以給你安慰的
事物。

可是啊，若能夠在你覺得孤單寂寞的時候，陪你渡過一段時
間、陪你渡過那個難熬的當下，我就覺得很有意義。

我想做的，始終都是這樣微不足道的小事。
微不足道，但卻非常重要的小事。

不要急，先過好每個當下就好

當下就是一種力量，讓自己可以安然渡過當下，才有可能想以後。因為每一個當下，最後都會凝結成未來。

所以也不要去否認那些曾經，是它們讓你得以走到現在。

而在此之前，你要先學會讓自己的每個當下都過得好。

若有日，你發現自己再也看不下我的書了，我的書再也無法給你任何安慰了，那麼我希望的是，你已經好了、你已經幸福了。而我會很開心你過得這麼好。

就像是忘了帶傘的下雨午後，一個替你遮雨的屋簷，陪你渡過一段時間。

雨停了之後，

你就會邁出去一步，你就要往你的目的地走去了。

對此，我始終都會懷抱著祝福。

中站——不妨，用自己的步調試著往前看看吧

你已經好了、你已經幸福了，

而我會很開心，你過得這麼好了

中站——不妨，用自己的步調試著往前看看吧

換上你最喜歡的衣服；穿上你最喜歡的鞋子；
再剪了個你最喜歡的髮型。
你要很愛自己，你不需要別人的愛，才能愛自己；
也不需要節日，才能肯定自己的好。

你要學會為自己慶祝。

不安沒關係，
　　脆弱、傷心也沒關係，
它們都是你自己。

END

終點──
現在的自己
跟過去的自己說聲「嗨！」

不管多喜歡，都有但書。

喜歡上一個人了，所以不顧一切；喜歡上一個人了，所以
想要給予最好。因為喜歡了，所以你什麼都不打算計較了。
只要他好，你就很好。

可是，或許就是非得經歷過類似這樣拿不回自己的遭遇，
才會明白在愛裡頭仍保有自我是多麼重要，才會明白了，
可以很深地去愛一個人，但自己的底線卻有界線。

不管多喜歡都有但書，那些無法讓渡的、無法割捨的，
都不該拿去交換愛。
因為那些，可能也是最後能讓你活下來的東西。

不要自己欺負自己

在大多數時候，人會被欺負，其實是自己允許了對方對自己的辜負。
而這其中最糟糕的，並不是不知不覺，而是有知有覺。

————

「不要讓自己被欺負了。」
在某次與朋友的聊天中，最後自己突然冒出了這樣一句話。

或多或少都談過這樣的戀愛，不管對方如何對待，都改變不了
自己對他的對待；無論他對你好不好，你都想對他好。
而每回他對你不好的時候，你就會加倍想起他的好——
「其實他還是不錯。」
「其實他大多數時候都很好。」
你用那些好來抵銷受傷的感覺，就像是拿著橡皮擦用力抹去鉛
筆的墨色，以為紙白淨了，但在某些時候就著光線還是會看到
原來的痕跡。

當然，沒有十全十美的人，每個人都會有些缺點，你知道這件
事，因此並不是在追求完美的對象。可是愛情裡的不好，在許

誠實地感受，
處得好才可以一直愛下去

多時候並不是要求對方要有多麼好，而是裡頭無法接受的歧異，而這些落差已經造成了傷害。

所謂的「傷害」，並不是指行為的暴力，而是落在心上的一拳，一句話、一個漠視，逐漸累積成一片難以跨越的海洋。

到了最後，已經不再是可以當成無傷大雅的玩笑來看待了。

然而即使如此，真要離開仍是很難。

愛著的人還是會覺得自己做不到。之所以會這樣，或許是因為自己漫長等待過了，所以當出現一個可以相處的人時，當有人可以不再讓你是一個人時，要割捨就更加不容易。

你不知道若現在不要了，還要等待多久；你也不知道，會不會再遇見另外一人；甚至是，你會懷疑他是不是其實就是自己所能遇到的最好的人了。

每當放棄的念頭浮現時，這些話語都會像跑馬燈一樣不斷閃過

自己的腦海。

所以你會要自己去接受，學著把他的不好當成是一種合理。

不用他說服你什麼，你已經先找好理由入座。或許愛情並沒有一定的準則可以依循，**每個人對於好的定義也不相同，但不會變的卻是自己的感受。**

而當你感覺到被誤解了、被敷衍了或是被傷害了，可能就是一個警訊。

也就像是「其實他還是不錯」這句話，當需要一直這樣提醒著自己他的好的時候，往往剛好代表了他有多不好。

在大多數時候，人會被欺負，其實都是自己允許了對方對自己的辜負。

而這其中最糟糕的，並不是不知不覺，而是有知有覺。

毫無痛楚還可以說是無法防範，但明知自己被傷害了，卻還堅持留下，就是自己對自己的傷害了，是自己選擇了傷害自己。

不要讓自己被欺負了，裡頭其實也包含了自己，不要讓另一個人對自己無禮，更不要自己欺負自己。

誰也無法保證會不會再遇到更好的人，再厲害的預言師也無法告訴你這件事。

兩個人在一起時不能保障什麼，一個人的時候也一樣，不管是單身或相戀，都各有各的難處。然而這不應該成為讓自己委屈的理由。

愛情可以不管形式，只是可以確定的是，若老是傷著心，就不要想著以後會有多開心。

不要讓人給欺負了，首先要做到的就是不要自己欺負自己。

永遠都要相信自己有選擇權，永遠都要相信自己值得被人好好對待，愛情不是一種將就，兩個人在一起也不是一種湊合。

與其兩個人在一起不開心，不如一個人歡欣。

相愛的人不一定適合在一起，可是要處得好才可以一直愛下去。

去找一個可以相處的人，一起好好過生活，而不是期待著有日生活會變好。

當你已經試了很久、盡了最大的努力，但仍然未果之後，
或許，你該選擇去做的並不是勉強再去適應，而是該離開了。

有時候，離開不是一種放棄，而是一種成全。
不是成全另一個誰，而是成全自己還能夠遇到更適合的機會。

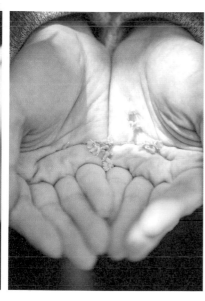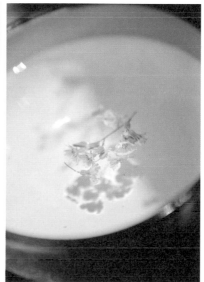

終點——現在的自己跟過去的自己說聲「嗨！」

傷心的解答

不要否定自己的傷心，也不要覺得它讓自己難堪，
而是去感受它的存在。

―――――

比起愛與不愛，後來我發現關於愛更大的疑惑是：「該不該繼續下去？」

因為愛其實是很彰顯確切的東西，不僅是難以隱藏，也很難否認。
愛一個人的時候，常常會不問為什麼，因為只管愛，愛才是最大。只要他好你就好、只要擁有著愛就好……談過戀愛的人或多或少都會有這樣的經歷。這是陷入愛裡頭的人的通病，無人可以幸免。
因此反過來說，當開始問著「為什麼」的時候，多半表示著愛情正逐漸走向了另一個方向。
愛情裡頭的轉向，從「只要」變成「只是」。

不顧一切開始有了但書。

在許多時候，
維持現狀
就是最好的療癒

「只是」像是愛情裡頭那些等待被解答的問號，然而答案卻常常是無解。

為什麼會這樣呢？這是因為你們已經相愛了。
在還沒有愛之前，你可以理智地看待對方，冷靜分析他的優缺點、你們的相同與差異，要說出一百個你們的不同一點都不難；但相愛之後，伴隨著一百個不同的是另外一百個他的好。
每一個人本來就同時包含著優點與缺點，而兩個人在一起也一定會有好與壞，然而它們卻很難互相抵銷。

因此，你也會不斷詢問著——
「關係會不會好轉？」
「最糟的會不會就是這樣了？」
甚至是「他其實也有其他的優點」……

只是你並不知道自己還要傷心多久。只是。

只要有了愛，標準與立基點都不一樣了。因為看過了不一樣的風景，從此眼裡已經被裝了濾鏡。

更因為，每個人的愛都是不同的，所以沒有一套固定的標準可以套用。

可是，總是可以做些什麼吧？

在心碎的時刻、在受傷的時刻，我們總是會期待自己還能夠做些什麼，希望藉由這些什麼讓事情好轉。

然而很可惜的是，在傷心的時候其實事情很難立即好轉。

那是一個漫長的過渡時期，是樂曲裡頭長長的休止符號。

但這樣就表示什麼都不做嗎？也不盡然。

後來我理出來的心得是：**試著不再專注著自己已經受傷的心，而是去看看那些還完好的部分，然後努力讓它不受到傷害。**

這樣很消極沒錯，但常常卻是受傷的人少數能做到的部分。

就例如，照顧好當下的自己，只要能做到這件事，就是一種進展。常常我們會以為所謂的「進步」，是要從傷心變成快樂、掉眼淚變成笑臉，但事實上傷心在大多數時候是沉默不語的，日子仍是在過，只是你不覺得在過日子。

然而在傷心的時候，維持現狀其實就已經很難得，就已經是一種好轉了。

在失去愛情時，有時候消極反而是一種積極。

不要否定自己的傷心，也不要覺得它讓自己難堪，而是去感受它的存在。**試著把自己的感受擺在愛情之前，不要勉強自己非要怎樣不可。**
或許到了最後，在為另一個人傷心時，你還能做到的是，試著把想要去追問對方「為什麼讓自己傷心」的心情，拿來反問自己的「底線在哪」，越了線就打住。

因為愛情沒有固定標準，所以你才需要找出屬於自己的刻度。

與其想著「還要給對方多少時間？」不如思考「自己願意給多少時間？」時間到了就停歇。
無法要求別人給的回覆，試著自己給予，而我覺得這可能就是傷心的解答。

掃一下！ 肆一打給你
不要老是看著自己的傷心，
都會越來越好的

你問：「怎麼樣才算是真正遺忘一個人？」

對我來說，
所謂的「遺忘」並不是忘記了、想不起來了，
而是記憶起來的時候再也不害怕了。
不再去否定他的存在、不再去別開頭刻意忽略，
就算是迎面而來也可以不再閃躲了。

遺忘，不是指忘掉了一個誰，而是不再惦記著傷了。

不是把力氣拿去將對方從自己生活中抹去，
而是拿來替自己療傷。

已經不再是那個顫抖的自己，
你終於好了，才是真的遺忘了。

不必討好的朋友

比起「要別人喜歡自己」，其實「他喜歡的是哪個你」才重要。
先真實地做自己，才有機會遇到真實的朋友。

————

「我很擔心沒有朋友，所以即使自己不喜歡，也總會去迎合其他人。覺得好累。」

在某次聊天時，朋友說了這樣的話，至今印象都還很深刻。會記得這麼清楚的原因，是因為自己也曾經有過類似的感受。
當時還是學生，學期內常會遇到分組作業，此時本來就以各種小團體行動的同學，會自然而然地形成一個小組，而自己常常就會成了落單的那一個。
並不是因為自己被討厭了，事實上更像是對這個人沒有絲毫在意，換言之可以說是一種隱形人。某種程度來說，這幾乎是比被討厭還更糟糕的存在。
當時多少有因為這樣的狀況而感到受傷，甚至會質疑起自己：「是否哪裡做錯了？」還是「是不是在某個時候得罪了誰？」心裡會產生一百個疑惑，但矛頭都是指向自己。

接著會把自己擺在下位，刻意地去附和與討好，只希望能夠被接受。

可是真正讓這樣的情況得到緩解的，並不是因為那些討好讓我交到了朋友，反而是因為有人與那個「不討好的自己」當了朋友。

我擁有了一些可以相處的朋友，只不過不是班上的同學。

也就是因為這樣我才發現了，「沒有朋友」這件事所帶來最糟糕的作用是「否定自己」。

如果是用隱藏自己的方式交到了朋友，想必也交不到真心的朋友。不是因為對方不好，而是自己一開始也用了假象去與對方相處。常聽到的「互相」其實也包含了這個意思。

你可能也會說：「本來就已經擔心沒有朋友了，還要堅持做自

己，這樣不是會更交不到朋友嗎？」

但所謂的「做自己」，並不是要你完全不顧他人感受、恣意妄為，**與人相處還是有一定的界線規範，但重要的是不去偽裝。**

人與人之間的連結有很大一部分是仰賴「共通點」所產生。
最常見的狀況是擁有共同的興趣，但有時候也不一定是具體的事物，可能只是頻率的接近，你們懂得彼此的話、有相近的思考方式等，這大概也就是大家所說的默契。
而這樣的默契便是建立在你能坦誠地展現自己上頭。

如果你恰巧是一個樂觀開朗的人，其實最簡單的方式就是主動去跟別人當朋友；但對於不那麼活潑的人來說，要做到這件事卻是超乎想像的困難。
如果是這樣的話，不妨努力讓自己變強。

不只是心理素質的強壯，也是讓自己外在表現變得受人讚賞。
以學校來說，就是讓自己的課業成績優異，不用樣樣都好，只要找出自己擅長的部分即可。因為人是很現實的動物，若你擁有值得被學習的地方，自然就會有人主動靠近。
這樣的你仍然是你，只不過是變得更強大的自己。

或許你也會擔心「但這樣吸引而來的朋友會是真心的嗎？會不會只是因為我的優點才接近我？」

但是你若認真去思考的話，也會發現這樣的問題其實並不存在。因為朋友之所以能當朋友，一定也是因為對方有自己喜歡的「什麼東西」吧，不管是具象存在的或是抽象的特質，只是每個人吸引人的地方不同而已。

所以，不妨把它視為一顆種子，一個讓友誼萌芽的開端。

人跟人之間相處的遠近親疏，都需要時間與用心培養才能成長，能不能當朋友絕對不是一個人好不好就能決定，這只是起點，一種把被動變成積極的方法而已，之後仍要靠自己努力。

世界很大，永遠都會有人喜歡你，也會有人不喜歡你，就如同討好或許可以吸引一些人，但同時也會有人喜歡那個不刻意的自己。也不要忘記，要跟誰親近其實自己也同樣擁有選擇權。比起「要別人喜歡自己」，其實「他喜歡的是哪個你」才更重要。

你們對彼此好，關心對方，但無需刻意討好他，他也不用想著要取悅你，不必依靠討好就能相處的朋友，才能算得上是真正的朋友。

先真實地做自己，才有機會遇到真實的朋友。

有一些人，你會小心翼翼對待，在他的 FB 上按讚留言，
希望因而增加彼此的互動與熱絡。你討好他、生怕說錯話
惹他不開心，更希望藉此可以讓彼此更親近一點。
朋友永遠不嫌多。

然而事實是，你們從沒有因而變得更熟稔親密，他仍然只
是個遠遠的存在。
對此你曾經失望過，但也就是這樣你才更發現了，擁有他
這個朋友，其實你的人生並沒有因此更美好；而即使失去
了他，人生也不會受影響。

頻率不對的人，再勉強也當不成朋友。

沒有交集的朋友再多，都只是虛假，不要去追求沒有交流
的關係，而真心對待相伴的人不用太多，才會值得珍惜。

終點——現在的自己跟過去的自己說聲「嗨！」

好好說再見，
再見時要好好的

人雖然都會喜歡美好的事物，但其實並不表示自己擁有它們，
往往當我們感覺擁有的時候，其實都只是擁有「那個片刻」而已。

————

曾經我是個不喜歡再見時刻的人。

「明明都還這麼開心，為什麼要結束？」
「就不能繼續留下來嗎？」
每次聚會到了需要離別的時候，類似像這樣的念頭會不斷地在
腦中徘徊著。
然後原本開心的心情就會跟著被影響，變得情緒低落。一開始
會想盡辦法繼續待著，再去一個什麼樣的地方、再去哪裡逛一
下，找各種理由想要盡可能延長相處。

後來才發現，不想說再見，其實正是表示了再見的美好。

因為人對於讓自己感到痛苦或傷心的事，不會想要接近，一次
就夠了、不要再更多，離得越遠越好，會避之唯恐不及。

所以當自己捨不得與一個人離別時，正是代表了你們之間處得很好，就因為歡欣的滿足感，才會讓你捨不得離開。

這是一種對於擁有美好的依戀，對於好，想要留住是一種本能反應。

在愛情裡頭更是。

兩個人在一起久了，若某日有一方決意要離開了，留下的另一方通常會百般不願意，於是拉扯著、說著道理，目的都是希望對方可以改變心意。這也是因為我們捨不得過去的那些美好，而當對方選擇結束，也就意味著那些美好跟著要終結。

以為這樣是愛，但其實比較像是不想失去，因為擁有了、覺得是自己的，所以不想要還回去。

可是卻忘了，**那些認定的美好，其實是對方給予並且跟自己一起創造的，自己並不享有專屬權利。**

人雖然都會喜歡美好的事物，但並不表示自己擁有它們。

往往當我們感覺擁有的時候，其實都只是擁有「那個片刻」而已。

我們太習慣將一件事佔為己有，這是我的、那是他的，劃分好領域範圍，越界的就要討回。

從小我們就這樣被教導著，所以長大後，不知不覺也會把這樣

美好之所以美好，
是因為在適當時結束了

的態度拿來放在跟人的相處上頭，然後包含著人與人之間的情感關係都被物化。只是身在其中很容易就誤解了這點。

而在這當中，最人的陷阱是我們很容易也會以為：美好是可以無限延續。只要維持現狀，就等於是持續著美好。

然而，這世界上大部分的事情都是有其限度的，
快樂也一樣。

就像是那場讓人感覺幸福的約會、曾經愉快的戀情，因為不想結束而拖延著，可是好幾次下來，都會因為這些延長，導致連帶影響了原本後面的計畫：因為回家得晚了，所以原本計畫要做的事要熬夜趕工，跟著也因為晚睡而導致隔天精神不濟，最

後再因為恍神而不小心犯錯，或是搞得終日昏昏沉沉。

本來是一件好事，但後來卻變得不好了。

若不懂得節制，原本的美事最後都會跟著被破壞殆盡。

以為不結束就能持續保有快樂、以為繼續下去就會一直開心，美好太迷人了，所以忍不住會被迷惑。最後再因為想要強求，把原本的開心變成不歡而散。就因為不想失去，連帶失去了以前的美好。得不償失。

任何事都是一樣的，太過用力會疼，太過勉強會散。

美好之所以可以美好，常常是因為它在適當的時候結束了。

在該停止的時候不收手，就像是超支的信用卡，不得不支付利息了。

無論是愛情或是友情都一樣，在需要道別的時候學著好好道別，不要把額度用完，這樣他日再相見的時候，就可以好好的。現在的我比較不害怕道再見了，因為知道了再見是為以後可以繼續美好。

「各自幸福」是一句祝福。

人的一生總會遇到許多的人，有的短暫停留，有的來了又走，然後又回來，說穿了，人生就是一連串相遇與分離的組合。
也會有些人留了下來，長大一點才知道，
這有多麼難能可貴。

但以前無法給出祝福，是因為覺得自己的幸福還在他那裡，你不想要回來。
可是，漸漸才明白了，原來其實不是他不給自己幸福，
而是自己，給不了他要的幸福。
一直拉扯著，只是消耗彼此的幸福。

後來才學會祝福，「各自幸福」是相互祝福，各自去尋找屬於自己的幸福，學著離開了，從此就不拖不欠、不愧疚，然後，若有緣的話，有天再見。

再見時，希望彼此都已經把各自的幸福完成。

不要把別人的不負責，
變成是自己的責任

不負責任的話很容易說，要讓自己變好卻很難，
但要學著不要因此就把別人的不負責任，變成是自己的責任。

————

不時仍然會想，為什麼還是會因為別人不友善的言論而受傷？

對於有點自卑又膽小的人來說，第一個聯想的總是——「自己
是不是做得不夠好？」
再後來才發現其實跟自己做得好或不好沒有關係，而是那樣的
言論是種否定。
它當然是一種否定，批評跟建議並不相同。只是這樣的否定，
常常是建立在他只挑選你的壞，對於好卻規避不見，他並不是
要跟你對話，而只是要訕笑，這點，最叫人受傷。

於是你會這樣想，自己是不是哪裡得罪他了，他才會說著傷人
的話？
然而不是，素昧平生，是你們最大的交集。可是再後來才明
白，其實沒有人非要去喜歡你不可。更甚至是，自己也會有不

不要因為別人不喜歡自己，
就覺得自己犯了錯

喜歡的人，**每個人都是被一些人喜歡著，但同時也被另一些人討厭，本來就是常態。**

只是可以確定的是，不願意了解你的人並不會花費心思去理解你。

而有些人一開始就沒有喜歡你的打算。如果有道理可言，就不叫偏見。不願意理解你的人，也越不需要在意他的喜好。

不負責任的話很容易說，要讓自己變好卻很難，但要學著不要因此就把別人的不負責任變成是自己的責任。

你要先對得起自己，而不是想著要對得起別人。

終點──現在的自己跟過去的自己說聲「嗨！」

這世界
永遠都不缺說話大聲的人

試著去看見別人為何得以走到今天、為何可以成功,並且學習。
這樣比起沒有建設性的批評,對自己的人生會更有幫助。

———

這陣子,突然想起高中老師說過的一句話:「要注意,不要當個眼高手低的人。」

當時年紀還小,不太懂老師這句話的意思,現在慢慢才比較能了解其中的涵意。
高中時念的是美工科,年輕氣盛,總是很容易評論誰的畫作不怎麼樣,可是回過頭來看自己的作品,卻是他的百分之一都不到。**每個人都可以有自己的喜好,但不要輕易抹殺別人的努力。**

現在的社會,好像都潛意識要求著一個人要完美不可。
你要夠努力、夠有才華、夠認真,最後還要夠討喜才行,否則一切都會前功盡棄。
只要被發現一個缺點,甚至只是不討他的喜歡,都會被窮追猛

打，其他優點也給予否定。

這個世界永遠不缺批評的話，但有建設性的卻不多，挑揀自己喜歡的去追求，不喜歡的就不要花時間在上頭。

也要學著不要把話語變成只是一種情緒發洩。

試著去看見別人為何得以走到今天、為何可以成功，並且學習。這樣比起沒有建設性的批評，反而對自己的人生會更有幫助。

現在，總算才比較懂老師當時話裡的意思了。
但還不遲，還要努力。**不求做到完美，但要做到對自己負責。**

繼續往前走，

走遠一點

就聽不到他們的吵鬧了

懂比較多的人，不一定比較聰明。
在很多時候，只要經歷得夠多，或是時間拉得夠長，
每個人都會學到越來越多的事。
懂得比較多，跟經歷比較有關。

因為聰明包含了同理心，以清明的角度看事物，並且體貼著，
而不是高高在上。

你不一定聰明，但至少要良善，
只是懂得比較多，不一定會對別人有助益，
然而良善，卻會讓世界變得好一點。

試著
去感受一個人的善意

釋出的善意或是一個人對自己是否懷抱著良善，
只要相處過，都可以感受得到。

————

「同理心」從來都是一件不容易的事。

因為每個人都是不同的個體，不僅先天的條件不同，就連生長
的環境也不一樣，更不要說一個人經歷過什麼、又是如何堅強
地走到今天，有時就連自己都很難釐清，更何況是要為外人
所道。
也因此，同理一個人、去替對方著想是多麼困難。

所以才會常常我們以為的為對方著想，卻不是對方所要，一不
小心就變成了一種一廂情願。
得不到對方的感謝，還碰了一鼻子的灰，然後跟著再危害了兩
個人的關係。

可是，這並不是你的本意。

溫柔是看不到也觸摸不到的東西，
只有用心去體會才能感受到

一個人再怎麼揣摩、如何模仿，都無法真正完全理解另一個人的情緒。

若是這樣的話，就試著去看對方的善意吧。

或許完全的同理心是很難達到的境界，也很難如此去要求，可是，釋出的善意或是一個人對自己是否懷抱著良善，卻是可以感受得到的。或許笨拙，但卻是真心誠意。

去感受一個人從心裡面展現出來的溫柔，而不只是用行為去當作判斷。這樣，或許才是最好的設身處地，人與人之間的誤會也會少一點。

日子，並不是說著「沒事了」，就會沒事。
生活的困難也並不會因為說出這句話就消失，
都活了這麼多日子，是怎麼走過來的自己都很清楚。

有時候嬉皮笑臉說著「沒事了」，其實是想讓朋友安心，
因為知道大家都有大家的難處，不好再給他們添麻煩，
更因為所有的難關，你只能靠自己去過。
挫折給你磨難，但也教會你堅強。

而有時候說「沒事了」，則是安慰自己，
日子再不簡單，你也要努力讓自己簡單。
困難有多巨大，心就學著更遼闊一點。

心疼說著「沒事了」的人，因為這是他們的溫柔。

後記／不安沒關係、傷心沒關係，寂寞或孤單也沒關係

不安沒關係、傷心沒關係，
寂寞或孤單也沒關係

————

你有過這樣的經驗嗎？早上醒來莫名地哭泣起來，看著鏡子裡的自己覺得陌生，或是沒來由地感覺到沮喪？或多或少，但一定有吧。
因為我們人本來就是情緒性的動物，所以不要覺得這樣的自己很奇怪。

同時，當事過境遷之後，也常常會發現其實沒有什麼大不了的，甚至會嘲笑當時的自己過於大驚小怪了。一定也有過類似的經驗吧。

因為人也是一種會不自覺放大自己感受的動物。
例如不安來說，以前會覺得之所以這樣，是因為自己過度凝視的關係，它才會無止境地擴大，但後來發現原來因為自己凝視的是反方向。

不安的反方向。以為自己看著什麼，但更多的部分只是自己在想像些什麼而已。

許多的負面情緒都是因為這樣而產生，不管是不安、寂寞、傷心都是，多是我們自己豢養了它們，是自己嚇阻了自己。

我們害怕的是自己的害怕，而非害怕本身。

每當遇到這樣的狀況時，總難免會想要逃避，沒有人喜歡負面的情緒。但現在的我則會去做到「不處置」。

你或許會說：「如果是這樣的話，不就只會越來越逃避而已？」不可否認的確會有這樣的人，因為人本來就是一種會偷懶的生物，我也不例外，偶爾也會有想要得過且過的念頭。然而每當這樣的念頭產生時，只要想著「每個人都有屬於自己的人生」就可以了。

我們無法選擇自己何時要生下來，或是在哪個家庭出生，但落地之後的絕大多數事情其實都是擁有選擇權。甚至也可以說，人活著其實就是為了練習「做選擇」這件事。

你的人生是你的、他的人生是他的，所以你可以選擇要用什麼樣的方式過生活，以及用什麼方式面對不安或害怕。

何況所謂的「不處置」並不是指什麼都不做,更不是把它們當作不存在,而是**不為了這些負面的感受多做些什麼,不去猜測、不去假想**,只著重在原本就該進行的事務上頭。讓生活維持在原來的基調上,不被其影響。

不知道你是否有觀察過小嬰兒?嬰兒是不會害怕的,對什麼事都抱持著好奇的視線去觀看,有趣的感受多於恐懼。我們每個人在嬰兒時期都是這樣。

長大後因為受傷或挫折,才讓我們慢慢累積經驗,開始對於事物懷抱著不安膽怯的心情。其目的是一種保護機制,讓我們更加謹慎與小心,而不是為了讓我們裹足不前。只是我們被負面的情緒給困住了。

因此,下次對於感到不安的事物,不妨也試著用孩童時的心情去看待吧,期待它會發生什麼有趣的事。一切沒什麼大不了的,不要讓自己的害怕綁架了自己的生活,請邊這樣思考邊慢慢踏出步伐吧。

會感到害怕不安,其實只是表示著未知而已。
然而,未知不一定就是壞事。

不安沒關係、傷心也沒關係,即使有時會感到寂寞都沒關係,**所有的情緒都是好的,不要過於苛責自己,感受它們在自己身上起的作用,不只是壞的。**它們都是你人生道路上的重要夥

伴，是它們讓你得以變得更強壯。

只有你最懂得什麼樣的方式能讓自己好，請試著找出它們。
每個人都要學會看顧自己，無論如何都不要忘記你還可以對自
己好，你是你的，你要讓自己好好的。

續・
想念，卻不想見的人

———

晚上，繞了過去你家看一看。

已經十年了吧，平時並不會到這一區活動，所以一直沒有再來過。
但說要特地來看，其實也沒那個必要，今天則是恰巧到附近。
有點忘了你家是在第一條，還是第二條巷子？就連你家樓下的大門長什麼樣子幾乎都沒有印象。

明明當時來過那麼多次啊，怎麼會記不得。
看到巷口便利商店時，才想起來，當時我總是會在裡頭買一盒你愛的布丁到巷子口等你，有時是豆花，有時是奶酪，那是當時我唯一會討好人的方式；也總是在晚上，所以我才從來都不曾記得你家大門的樣子。

一直到看見那株梔子花，我才確認你家的位置。

「你聽過劉若英的〈後來〉嗎？」

「嗯？」

「裡頭提到了『梔子花』，我家的門前就種了一棵。」

那是我第一次確切記下「梔」的讀音。

現在都還沒忘記。梔子花也還在。

比起我的懵懂與搖擺，當時的你，早就知道自己要的是怎樣的愛了。

其實那時我有點羨慕著你。之後，我們也因為這樣而分散，你太清楚你要的是什麼，而我給不了。

再也沒遇過你，有時候會想知道你現在好不好，但卻也從來都沒有去打聽你的消息，因為並不覺得遺憾。因為我知道，即使是現在的我，同樣也給不起你要的愛情。

你現在好嗎？是否得到了你要的愛情了呢？

而我希望你有。

「你好嗎？」
「我很好。」

有天，一定可以真心地說出這句話。

國家圖書館出版品預行編目資料

我們都會好好的 / 肆一 著．肆一、Ocean Chen 攝
影 . -- 臺北市：三采文化，2017.06　面；公分

ISBN 978-986-342-855-8(平裝)
1. 心靈勵志

177.2　　　　　　　　　　106008850

suncolor
三采文化集團

愛寫 18

我們都會好好的
不安沒關係，脆弱與寂寞也沒關係，今天的你會很好，明天也是

作者｜肆一　　攝影｜肆一、Ocean Chen
副總編輯｜土曉雯　　責任編輯｜劉又瑜　　校對｜呂佳真
美術主編｜藍秀婷　　封面設計｜藍秀婷　　美術編輯｜徐珮綺
行銷經理｜張育珊　　行銷企劃｜江盈慧

發行人｜張輝明　　總編輯｜曾雅青　　發行所｜三采文化股份有限公司
地址｜台北市內湖區瑞光路 513 巷 33 號 8 樓
傳訊｜TEL:8797-1234　FAX:8797-1688　　網址｜www.suncolor.com.tw
郵政劃撥｜帳號：14319060　戶名：三采文化股份有限公司
初版發行｜2017 年 6 月 30 日　　定價｜NT$360
　　9 刷｜2022 年 5 月 10 日

Be

the

real

you